madra
meabhrach

Áine Ní Ghlinn

Cois Life, Baile Átha Cliath

Tá Cois Life buíoch de Bhord na Leabhar Gaeilge agus den
Chomhairle Ealaíon as a gcúnamh.
An chéad chló 2007 © Áine Ní Ghlinn
An dara cló 2008
ISBN 978-1-901176-70-4
Léaráidí: Olivia Golden
Clúdach agus dearadh: Alan Keogh
Clódóirí: Betaprint
www.coislife.ie

Madra Meabhrach

1

'Dá mbeadh fiche milseán agam agus dá dtabharfainn cúig cinn déag do mo chara cé mhéad a bheadh fágtha agam?'

'Ruf, ruf, ruf, ruf, ruf!'

'Sea! Sin é. Cúig cinn fágtha. Madra maith.'

Bhí Reics go hiontach ar fad ag an Mata. Bhíodh Róise de shíor ag tabhairt sumaí dó.

'Abair go bhfuil trí chnámh ag do Mhamaí agus seacht gcinn ag do Dhaidí; ansin dá dtabharfaidís cnámh amháin duitse agus cnámh an duine do do bheirt deartháireacha cé mhéad a bheadh fágtha acu ansin?'

'*Ruf, ruf, ruf, ruf, ruf, ruf, ruf.*'

'Ar fheabhas ar fad. Madra maith. Nach tusa an maidrín meabhrach!'

Bhí an-spéis ag Reics sna leabhair freisin. Bhíodh sé i gcónaí ag breathnú ar leabhair scoile Róise. Gach tráthnóna nuair a bhíodh an obair bhaile críochnaithe aici dhéanadh Róise scéal a léamh dó.

Bhí an-mheas ag Róise ar Reics agus bhí an-mheas ag Reics ar Róise. Thuig siad a chéile go maith. Thuigeadh Reics gach rud a deireadh Róise. Thuigeadh sise gach cineál tafainn a dhéanadh seisean.

2

Maidin amháin agus Róise ag dul ar scoil bhí Reics roimpi ag an ngeata.

'*Ruf, ruf-ruf, ruf-ruf,*' a dúirt sé.

'Ba mhaith leat teacht ar scoil liom?' arsa Róise.

'*Ruf!*' arsa Reics agus a eireaball á chroitheadh aige. '*Ruf, ruf-ruf, ruf.*'

'Ba mhaith leat a bheith in ann leabhair a léamh?'

'*Ruf!*' arsa Reics.

'Níl a fhios agam, a Reics,' arsa Róise. 'Ní fhaca mé madra ar scoil riamh.'

Chlaon Reics a cheann go brónach. Chuir

sé a eireaball idir a dhá chois dheiridh.

Bhí trua ag Róise dó.

'Ná bíodh brón ort,' ar sise. 'B'fhéidir go mbeidh cead agat dul ann. Cuirfidh mé ceist ar mo Dhaidí agus ar mo Mhamaí anocht. Má tá siadsan sásta cuirfidh mé ceist ar Bhean Uí Dhonnchú. Níl aon mhadra eile sa rang aici – ach ar ndóigh níl gach aon mhadra chomh cliste leatsa.'

An oíche sin labhair Róise lena tuismitheoirí.

'Madra meabhrach é,' arsa athair Róise. 'Bheadh sé go maith in ann don scoil.'

'Bheadh cinnte,' arsa an mháthair. 'Cuir ceist ar Bhean Uí Dhonnchú amárach.'

3

An mhaidin dar gcionn bhí Reics ag an ngeata arís. A luaithe agus a tháinig Róise amach doras an tí thosaigh sé ag tafann.

'Ní dhéanfaidh tú dearmad an cheist a chur?' a bhí á rá aige.

'Ní dhéanfaidh mé dearmad,' arsa Róise. 'Cuirfidh mé ceist ar Bhean Uí Dhonnchú maidin inniu.'

Ar aghaidh léi ar scoil ansin.

Chaith Reics an lá ar fad ag siúl suas síos os comhair an gheata.

Chonaic athair Róise é agus é ag dul amach ag obair ar an bhfeirm.

'Foighid ort,' ar seisean le Reics. 'Beidh a fhios agat tráthnóna. Má thugann Bean Uí Dhonnchú cead duit dul ar scoil ceannóimid mála scoile duit agus peann luaidhe. Ansin beidh tú in ann tosú Dé Luain.'

4

Bhí Sailí, máthair Reics ag dul thar bráid agus an comhrá seo ar siúl. D'fhan sí go dtí go raibh athair Róise imithe as radharc. Ansin d'fhéach sí ar a mac.

'Scoil? Cén tseafóid í seo?'

'Ní seafóid í,' arsa Reics. 'Táimse ag iarraidh dul ar scoil agus tá Róise chun ceist a chur ar an múinteoir inniu.'

'Madra ag dul ar scoil?' arsa Sailí. 'Níor chuala mé a leithéid riamh. Céard a déarfaidh do Dhaidí? Céard a déarfaidh do dheartháireacha? Céard a déarfaidh madraí eile an bhaile? Beidh siad go léir ag gáire fút.'

'Is cuma liom,' arsa Reics. 'Táimse ag iarraidh dul ar scoil!'

'Bhuel bí cinnte nach ligfidh an múinteoir madra isteach sa rang. Níor tharla a leithéid riamh cheana. Ní théann madraí ar scoil.'

Leis sin chuir Sailí a heireaball san aer agus d'imigh sí léi suas an gairdín.

D'fhan Reics san áit ina raibh sé.

Cén fhaid eile sula dtiocfadh Róise abhaile? Bhreathnaigh sé ar an spéir. Bhreathnaigh sé ar an ngrian. Beagnach in am don lón.

Dá mbeadh sé ag dul ar scoil bheadh sé ag foghlaim faoi chúrsaí ama agus bheadh sé in ann an clog a léamh. Ansin bheadh a fhios aige cén uair go díreach a bheadh Róise ag teacht abhaile.

5

Tháinig máthair Róise amach ar ball.

'Foighid ort, a Reics,' ar sise. 'Ní bheidh Róise ar ais go ceann tamaill eile. Tar isteach anois agus bíodh do lón agat.'

Tar éis an lóin agus Reics ar ais ag an ngeata tháinig a bheirt deartháireacha chuige.

'Táimid ag dul ag spraoi,' a dúirt Róló. 'Táimid chun folach bíog a imirt. Cuirfidh Brúnó an chnámh seo sa ghairdín ar dtús agus caithfidh mise agus tusa dul ag bolú thart agus í a aimsiú. An bhfuil tú ag teacht?'

'Níl,' arsa Reics. 'Caithfidh mé fanacht anseo ar Róise'.

'Cén fáth?'

'Bhuel,' arsa Reics go mall. 'Tá sí ag fiafraí den mhúinteoir inniu an mbeadh cead agamsa dul ar scoil léi.'

D'fhéach na deartháireacha air.

'Scoil? An bhfuil Lá na bPeataí ar siúl?'

'Níl. Ach táim ag iarraidh dul ar scoil le Róise.'

'Ní thuigim,' arsa Róló. 'Siúlann sí ar scoil léi féin gach maidin. Cén fáth a bhfuil comhluadar uaithi anois?'

'Ní hé go bhfuil comhluadar uaithi,' arsa Reics. 'Ach táimse ag iarraidh dul ar scoil léi. Táim ag iarraidh a bheith sa rang léi.'

'Sa rang?' arsa Brúnó. 'Cén fáth?'

'Chun rudaí a fhoghlaim,' arsa Reics.

D'fhéach Brúnó agus Róló ar a chéile. D'fhéach siad ar Reics.

'Rudaí a fhoghlaim? Ach céard atá le foghlaim?' arsa Brúnó. 'Itheann tú. Bíonn tú ag spraoi. Codlaíonn tú. Dúisíonn tú. Ó am go chéile cuidíonn tú le hathair Róise aire a thabhairt do na caoirigh. Ansin itheann tú arís agus codlaíonn tú. Céard eile atá ann?'

'Tá go leor rudaí eile ann,' arsa Reics. 'Ba mhaith liom a bheith in ann leabhair a léamh.'

'Leabhair?' arsa Róló. Phléasc sé amach ag gáire. 'Ag magadh atá tú! Cén fáth a mbeadh madra ag iarraidh leabhair a léamh?'

'Chun eolas a fháil.'

'Eolas?' arsa Róló. Chas sé i dtreo Bhrúnó. 'Ní thuigim!'

'Mise ach an oiread. Fág seo. Imrímis folach bíog. Cá bhfuil an chnámh sin?'

D'imigh na deartháireacha leo.

D'fhan Reics ag an ngeata.

6

Faoi dheireadh chonaic sé Róise ag siúl ina threo.

Rith sé chuici.

Chuir Róise a dá láimh timpeall ar a mhuineál agus rug sí barróg mhór air.

'Dea-scéal,' a dúirt sí. 'Chuir Bean Uí Dhonnchú ceist ar an bpríomhoide. Chuir an príomhoide ceist ar an gcigire. Ní raibh madra ar scoil acu riamh ach dúirt siad go mbeadh míle fáilte romhat. Tiocfaidh tú ar scoil liomsa Dé Luain.'

Bhí sceitimíní áthais ar Reics. Ní fhéadfadh sé an dea-scéal a chreidiúint. Thosaigh sé ag rith i ndiaidh a eireaball le háthas.

'Socraigh síos anois, a Reics,' arsa Róise. Ní bheidh tú in ann rudaí mar sin a dhéanamh sa seomra ranga!'

An mhaidin dar gcionn chuaigh Róise agus a hathair isteach sa bhaile mór. Cheannaigh siad mála scoile beag do Reics. Cheannaigh siad peann luaidhe agus cóipleabhar dó. Ansin cheannaigh siad bosca lóin dó.

'Céard a bheidh aige mar lón?' arsa Róise. 'Ní bheidh sé in ann babhla bia a bheith aige ar an urlár mar a bhíonn sa bhaile.'

'Fadhb ar bith,' arsa a hathair. 'Ceannóidh mé roinnt brioscaí speisialta dó. Agus cuirfidh mé slis nó dhó aráin isteach sa bhosca freisin.'

7

Bhí sceitimíní áthais ar Reics. Ní raibh sé in ann smaoineamh ar rud ar bith eile ach an scoil. Bheadh sé in ann léamh. Bheadh sé in ann scríobh. Bhreathnaigh sé isteach sa mhála scoile arís agus arís eile. Bhreathnaigh sé ar an gcóipleabhar. Thóg sé an peann luaidhe amach agus rinne sé iarracht breith air. Bhí deacracht aige é a choinneáil ina lapa. Thosaigh sé ag éirí buartha.

'*Ruf, ruf-ruf-ruf?*' ar seisean.

'Ná bíodh imní ort,' arsa Róise. 'Ní raibh mise in ann breith ar an bpeann luaidhe ar mo chéad lá ar scoil ach an oiread. Thaispeáin an múinteoir dom conas é a dhéanamh. Cabhróidh sí leatsa freisin.'

Bhí Reics sásta arís. Ach ní raibh a mháthair ná a athair sásta ar chor ar bith.

'Céard a déarfaidh ár gcairde go léir? Beidh madraí na feirme ag gáire fút. Beidh madraí an bhóthair ag gáire fúinn go léir. Beimid náirithe os comhair an tsaoil.'

Bhí Reics trína chéile. Ní raibh sé ag iarraidh náire a chur ar a thuismitheoirí. Ní raibh sé ag iarraidh go mbeadh a dheartháireacha ag gáire faoi. Ní raibh sé ag iarraidh go mbeadh madraí an bhóthair ag magadh faoi.

Ach bhí sé ag iarraidh dul ar scoil.

Chuaigh sé isteach chuig Róise arís.

'*Ruf, ruf, ruf-ruf-ruf, ruf. Ruf-ruf-ruf?*'

'Ná bíodh imní ort,' ar sise. 'Níl ann ach nach dtuigeann siad. Is rud nua é seo dóibh. Is rud nua é don mhúinteoir freisin. Is rud nua é dúinn go léir. Rachaidh do Mhamaí agus do Dhaidí i dtaithí air tar éis cúpla lá.'

Bhí súil ag Reics go raibh an ceart aici. Ní raibh sé ag iarraidh a bheith ag troid lena chairde. Níor theastaigh uaidh brón agus náire a chur ar a Mhamaí agus a Dhaidí.

8

Faoi dheireadh tháinig an Luan. Sheas Reics ag an ngeata agus é ag fanacht ar Róise.

Bhí Róló agus Brúnó ag spraoi sa ghairdín. Chonaic Reics carr ag teacht aníos an bóthar. Chonaic a dheartháireacha freisin é. A luaithe is a bhí an carr ag an ngeata léim siadsan amach. Thosaigh siad ag rith ina dhiaidh agus iad ag tafann.

'Is mór an spórt é seo,' arsa Brúnó.

Chonaic siad Reics ansin.

'Tar linn ag spraoi,' arsa Róló.

Ach bhí Reics ag iarraidh a chóta a choimeád glan don scoil.

Nuair a tháinig Róise amach chuir sí mála scoile ar dhroim Reics agus thug sí an bosca lóin dó.

Ansin rug sí barróg mhór ar a Mamaí.

'Slán leat anois,' arsa a máthair, 'agus tabhair aire mhaith do Reics.'

'Tabharfaidh cinnte.'

Bhí Sailí ina luí taobh amuigh de dhoras an tí. Rith Reics suas chuici.

'*Ruf,*' ar seisean agus é ag iarraidh í a lí lena theanga. '*Ruf!*'

Sheas Sailí suas. Chuir sí a heireaball san aer agus shiúil sí uaidh.

Bhí brón an domhain ar Reics.

'*Ruf,*' ar seisean le Róló agus Brúnó.

Níor thug ceachtar acu freagra air. Lean siad a mháthair suas an gairdín.

'Tabhair seachtain nó dhó dóibh, a Reics,' arsa Róise. 'Anois, fág seo nó beimid déanach.'

9

Bhí Bean Uí Dhonnchú rompu ag doras na scoile.

'Tá míle fáilte romhat, a Reics,' ar sise. 'Isteach leat anois go bhfeicfimid cén rang inar cheart duit a bheith.'

Isteach leo i seomra ranga Róise. Thosaigh Bean Uí Dhonnchú ag cur ceisteanna air. Thosaigh sí le ceist an-simplí.

'A haon is a haon?'

'*Ruf, ruf,*' arsa Reics.

'A trí is a trí?'

'*Ruf, ruf, ruf, ruf, ruf, ruf.*'

Lean sí uirthi ansin le ceisteanna as

leabhar Mata Róise. Bhí cuid de na ceisteanna deacair go leor.

'Dá mbeadh deich euro ag Seán agus dá mbeadh fiche euro ag Síle agus dá gcaithfidís sé euro ar mhilseáin, trí euro ar bhrioscaí, dhá euro déag ar leabhair agus dhá euro ar úlla cé mhéad a bheadh fágtha acu?

'Ruf, ruf, ruf, ruf, ruf, ruf, ruf!' arsa Reics láithreach.

'Sea!' arsa Bean Uí Dhonnchú, 'bheadh seacht euro fágtha acu. Nach tusa an madra meabhrach. Is féidir leat fanacht anseo i mo rangsa in éineacht le Róise.'

Rug Róise barróg ar Reics. Bhí an bheirt acu an-sásta.

Rinne na páistí eile spás do Reics ag an mbord. Chuir siad go léir fáilte roimhe.

'Ná bíodh aon imní ort,' arsa Aoife. 'Má bhíonn aon deacracht agat cabhróimid go léir leat.'

10

Ag an tús bhí deacracht ag Reics leis an bpeann luaidhe. Ní raibh sé in ann é a choinneáil ina lapa. Rinne Róise agus Pól iarracht cabhrú leis. Rinne Aoife iarracht cabhrú leis. Ach fós ní raibh sé in ann greim ceart a fháil air. Sa deireadh mhol Bean Uí Dhonnchú dó é a choinneáil ina bhéal. Bhí sé sin i bhfad níos éasca. Taobh istigh de chúpla uair an chloig bhí Reics in ann na figiúirí go léir a scríobh óna haon go dtí a deich. Bhí ionadh ar an múinteoir. Bhí ionadh ar na páistí. Ní fhaca aon duine acu a leithéid riamh.

Tháinig múinteoirí eile isteach chun an madra meabhrach a fheiceáil. Tháinig an príomhoide isteach agus chuir sise fáilte roimh Reics. Bhí ionadh uirthi siúd freisin.

Díreach roimh am lóin tháinig an cigire chun na scoile. Theastaigh uaidh siúd an madra meabhrach a fheiceáil. Thosaigh seisean ag cur ceisteanna air.

'252 x 36?' ar seisean.

Rug Reics ar a pheann luaidhe agus thosaigh sé ag scríobh.

'9072,' a scríobh sé.

Thosaigh an múinteoir ag iarraidh an freagra a sheiceáil le peann is páipéar. Tharraing an cigire ríomhaire póca amach.

Bhrúigh sé cúpla cnaipe.

'A thiarcais!' ar seisean. 'Tá an ceart aige! Tá sé níos tapúla ná mo ríomhaire póca! Ní fhaca mé a leithéid riamh.'

11

Bhí an-lá ag Reics. Nuair a tháinig am lóin d'ith sé na brioscaí agus an t-arán. Ní raibh aon taithí aige ar ól as buidéal ach chabhraigh Róise agus a cairde leis.

Ina dhiaidh sin bhí an-spórt aige amuigh sa chlós agus é ag spraoi leis na páistí go léir. Uair amháin a ndeachaigh an liathróid amú ba é Reics a léim thar an gclaí agus a tháinig ar ais agus an liathróid ina bhéal aige.

'Tá tú go hiontach ag cúrsaí spóirt chomh maith le gach rud eile,' a dúirt Pól leis. 'Is iontach an madra tú.'

Chroith Reics a eireaball. Bhí sé an-sásta ar fad.

Agus iad ar ais sa seomra ranga thosaigh na páistí ag léamh. Chabhraigh an múinteoir le Reics a ainm a scríobh. Nuair a tháinig leathuair tar éis a dó ní raibh aon fhonn air dul abhaile.

'Foghlaimeoidh tú go leor eile amárach,' arsa an múinteoir.

'Ruf, ruf, ruf, ruf ruf-ruf?'

'Tá sé ag iarraidh obair bhaile,' arsa Róise.

Thosaigh Bean Uí Dhonnchú ag gáire.

'Amárach b'fhéidir!'

'Ruf-ruf, ruf, ruf,'

'Sílim go dtuigim an méid sin,' arsa an múinteoir. 'Tá fáilte romhat!'

12

Bhí Róló agus Brúnó ag fanacht leo ar an mbóthar. Bhí madraí eile in éineacht leo.

Thosaigh siad go léir ag tafann agus ag magadh faoi Reics.

'Cá bhfuil do spéaclaí?'

'Cén chaoi a bhfuil an Dochtúir Ó Coileáin?'

'Madra meabhrach!'

'Coileáinín cliste!'

'Breathnaigh an chaoi a bhfuil a shrón san aer aige! Meas tú ar fhoghlaim sé é sin ar scoil?'

'Ní dóigh liom é,' arsa Brúnó.

'Bíonn a shrón san aer aige siúd i gcónaí!'

Níor thuig Róise céard a bhí á rá ag na madraí eile ach bhí a fhios aici gur ag magadh faoi Reics a bhí siad.

'Lig dó!' ar sise go crosta.

'Lig dó!' arsa madra amháin agus é ag aithris ar Róise. 'An peata bocht. Tá tuirse air is dócha.'

'An chéad rud eile ná go mbeidh sé ina shuí chun boird le Róise agus a tuismitheoirí don dinnéar!'

'Agus ag siúl thart ar dhá chois!'

Thosaigh siad go léir ag tafann is ag geonaíl.

'Ní madra é a thuilleadh!'

'Ná tabhair aon aird orthu,' arsa Róise. Ní dúirt Reics tada ach bhí deora le feiceáil ina shúile agus é ag siúl abhaile.

13

An tráthnóna dar gcionn bhí siad ann arís.

'Ná bac leo,' arsa Róise. 'Ná tabhair aon aird orthu. Níl ann ach go bhfuil siad in éad leat.'

Ach bhí Reics trína chéile.

Thaitin an scoil go mór leis. Bhí sé in ann go leor sumaí nua a dhéanamh. Bhí sé in ann go leor focal a léamh. Bhí sé in ann roinnt focal a scríobh freisin.

Bhí an múinteoir an-deas ar fad.

Bhí go leor cairde nua aige. Bhí an-spórt aige leis na páistí amuigh sa chlós.

Ach ní raibh aon mhadra eile ag caint leis.

Bhíodh Róló agus Brúnó de shíor ag magadh faoi. Ní ligidís dó suí leo ná spraoi leo tar éis na scoile.

'Cén saghas cluiche atá uaitse?' arsa Róló leis. 'Siúl thart ar do dhá chois dheiridh, an ea?'

Ní labhródh tuismitheoirí Reics leis in aon chor. Bhí a fhios ag Reics go raibh náire orthu.

14

Agus é ag siúl abhaile le Róise tráthnóna Déardaoin tháinig dhá mhadra de chuid na gcomharsan suas chuig Reics. Púca agus Spota ab ainm dóibh.

'Tá brón orainn,' arsa Púca. 'Níor cheart go mbeadh na madraí go léir ag spochadh asat. Tá an-spéis ag an mbeirt againne sna leabhair. An bhfuil seans ar bith go ndéanfá iad a thaispeáint dúinn?'

Bhí Reics an-sásta ar fad. Mhínigh sé an scéal do Róise. Bhí sise an-sásta freisin.

'Fan tusa leo,' ar sise, 'agus taispeáin na leabhair dóibh. Rachaidh mise abhaile liom féin agus feicfidh mé ar ball tú.'

D'imigh Róise léi. D'oscail Reics a mhála scoile. Thóg sé amach a chóipleabhar agus a pheann luaidhe.

'Lig domsa triail a bhaint as an bpeann luaidhe sin,' arsa Púca. Chuir sé an peann luaidhe ina bhéal, dhún sé na fiacla air agus bhris sé ina dhá leath é.

'Mar seo? An ea?' ar seisean.

Leis sin chuala Reics drannadh íseal. Céard a bhí ar siúl?

Sula raibh seans aige aon rud a chur ar ais ina mhála bhí madraí an bhaile ina gciorcal mórthimpeall air.

'Tá ceacht le foghlaim agatsa, a Dhochtúir Uí Choileáin,' arsa Púca. 'Ceacht nach féidir a fhoghlaim ar scoil!'

15

D'éirigh Róise buartha nuair nach raibh Reics tagtha abhaile in am don dinnéar. Chuaigh sí féin agus a máthair amach á lorg. Tháinig siad air ar thaobh an bhóthair, é ina luí go ciúin is é ag caoineadh.

Bhí leathpheann luaidhe ar an talamh in aice leis. Bhí leathanaigh as an gcóipleabhar caite ar fud na háite. Ní raibh tásc ná tuairisc ar an mála scoile.

'An bhfuil tú gortaithe?' arsa Róise. 'Céard a rinne siad?'

Ní raibh Reics gortaithe in aon chor. Ach bhí sé trína chéile. Bhí an mála scoile – nó an méid a bhí fágtha de – san abhainn.

Bheadh sé imithe le sruth faoin am seo. Bhí an bosca lóin briste. Rinne na madraí eile an plaisteach a chogaint. Bhí an cóipleabhar sractha as a chéile. Púca agus Spota a rinne an méid sin.

'Níl iontu ach maistíní gránna,' arsa máthair Róise. 'Ná bí buartha, a Reics. Rachaidh mise isteach sa bhaile mór ag an deireadh seachtaine agus ceannóidh mé mála, bosca lóin, cóipleabhar agus peann luaidhe nua duit.'

Níor thug Reics aon aird uirthi. Bhí a chloigeann ar na lapaí aige agus é ag caoineadh os íseal.

'Téanam,' arsa Róise. 'Rachaimid abhaile. Is féidir leat breathnú isteach sna leabhair liomsa amárach.'

Fós ní raibh Reics ag tabhairt aon aird uirthi.

'Fág seo,' arsa Róise. 'Ní féidir leat fanacht anseo leat féin. B'fhéidir go dtiocfaidh na maistíní ar ais.'

Sheas sé suas go mall agus shiúil sé abhaile le Róise, a eireaball idir an dá chois aige.

Bhí Sailí sa chlós. Ní raibh aon trua aici siúd dá mac.

'Bhí sé tuillte agat. Ní madra tú a thuilleadh!'

Bhí dinnéar deas réitithe ag máthair Róise ach ní íosfadh Reics dada.

Thug Róise suas chuig a seomra siúd é.

'Seo, a Reics. Is féidir leat an sean-chóipleabhar seo a úsáid agus an obair bhaile a dhéanamh ann. Tá peann luaidhe breise agamsa.'

Ní dhearna Reics aon obair bhaile, áfach. Ní dhearna sé ach luí ar an leaba go ciúin. Ar ball d'éirigh sé agus bhreathnaigh sé isteach sa scáthán.

'Is madra mé,' ar seisean. 'Is madra mé. Bhí an ceart ag mo Mhamaí. Ní théann madraí ar scoil.'

16

An mhaidin dar gcionn ní rachadh Reics ar scoil.

'Is madra mé,' ar seisean le Róise. 'Ní raibh ann ach brionglóid. Ní théann madraí ar scoil.'

Rinne Róise gach iarracht é a mhealladh. Rinne máthair agus athair Róise gach iarracht é a mhealladh. Bhí mála plaisteach ag máthair Róise.

'Breathnaigh ar na brioscaí deasa atá anseo agam don lón,' ar sise.

'Cuirfidh mise an méid atá fágtha den pheann luaidhe isteach sa mhála freisin,' arsa an t-athair. 'Déanfaidh sé cúis don lá inniu agus gheobhaidh mé ceann nua duit amárach.'

Rug Reics ar an leathpheann luaidhe. Amach leis sa ghairdín. Rinne sé poll beag. Chuir sé an peann luaidhe briste isteach ann.

'Is madra mé,' ar seisean leis féin.

Chonaic sé carr ag teacht anuas an bóthar. Léim sé amach agus rith sé ina dhiaidh agus é ag tafann.

Chonaic Sailí é. Tháinig sí chuige agus thosaigh sí á lí.

'Madra maith,' ar sise.

Ghlaoigh sise ar Bhrúnó ansin. Thug sí cnámh dó. Thosaigh Brúnó ag tochailt. Chuir sé an chnámh sa ghairdín. Ansin thosaigh sé ag tochailt arís. Thóg sé an chnámh ina bhéal arís. Rith sé timpeall i gciorcal ar feadh nóiméid. Ansin rinne sé poll eile agus chuir sé an chnámh ann arís.

Thug Sailí cnámh eile do Reics.

'Ar aghaidh leat agus bí ag spraoi le do dheartháir.'

Thosaigh Reics ag tochailt. Chuir sé an chnámh. Thosaigh sé ag tochailt arís. Thóg sé an chnámh aníos arís. Agus arís. Agus arís.

'Nach mór an spórt é seo?' arsa Brúnó.

Chaith siad tamall ag rith i ndiaidh a chéile. Chaith siad tamall ag rith i ndiaidh carranna. Nuair a tháinig fear an phoist rith siad ina dhiaidh siúd.

'Is madra mé,' arsa Reics arís.

17

Nuair a tháinig Róise abhaile ón scoil tháinig sí á lorg.

'Bhí an-bhrón ar Bhean Uí Dhonnchú nuair nach raibh tú ar scoil,' ar sise. 'Agus bhí brón ar Phól agus ar Aoife agus ar do chairde eile freisin.

Chlaon Reics a cheann.

'Céard a rinne tú féin inniu?' arsa Róise.

Níor thug Reics aon fhreagra uirthi ach a lapa a lí.

'Is madra mé,' ar seisean leis féin. 'Níor cheart go dtuigfeadh Róise mo chuid tafainn.'

Tar éis an dinnéir thug Bean Uí Dhonnchú cuairt ar Róise agus ar Reics.

'Céard a rinne tú an lá ar fad?' ar sise le Reics.

Níor thug Reics aon fhreagra uirthi ach mhínigh athair Róise di gur chaith Reics an lá ar fad ag spraoi le cnámha agus ag rith i ndiaidh carranna. Mhínigh sé go bhfaca sé Reics ag cur isteach ar fhear an phoist freisin.

'Agus an maith leat cnámha a chur sa ghairdín?' arsa Bean Uí Dhonnchú.

Níor thug Reics freagra uirthi. Ba léir óna shúile, áfach, nár bhain sé aon taitneamh as cluiche na gcnámh.

'Agus an maith leat rith i ndiaidh carranna? An maith leat a bheith ag cur isteach ar fhear an phoist?'

Bhí an freagra céanna le léamh i súile Reics.

Bhreathnaigh Bean Uí Dhonnchú idir an dá shúil air.

'Is madra an-speisialta thú,' ar sise. 'Níl tú cosúil leis na madraí eile ach ní hionann sin is a rá go gcaithfidh tusa athrú. Fúthu siúd atá sé glacadh leatsa. Caithfidh siad glacadh leat mar atá tú. Anois tá súil agam go bhfeicfidh mé ar scoil arís tú go luath.'

18

Tháinig an Luan. Bhí mála scoile nua agus bosca lóin nua ceannaithe ag máthair Róise do Reics. Bhí brioscaí deasa sa bhosca lóin. Bhí dhá pheann luaidhe nua sa mhála scoile. Bhí cóipleabhar nua ann freisin agus bosca beag gleoite ina raibh pinn luaidhe ar gach dath ar domhan - dearg, bándearg, corcra, donn, gorm, dúghorm, dubh, buí, bán agus go leor dathanna áille eile. Bhí an-dúil ag Reics iontu. Ba bhreá leis dul ag dathú leo. Ba bhreá leis dul ar scoil.

'Ach is madra mé,' ar seisean leis féin. 'Ní théann madraí ar scoil.'

D'imigh sé isteach faoin mbord agus d'fhan sé ann.

Ní fhéadfadh sé cur suas leis an magadh. Ní fhéadfadh sé náire a chur ar a Mhamaí arís.

'Ná bí buartha,' arsa a hathair le Róise. 'Tabhair spás dó agus b'fhéidir go n-athróidh sé a aigne arís. Idir an dá linn ná cuir aon bhrú air.'

D'imigh Róise léi ar scoil. Chuaigh a máthair isteach sa bhaile mór.

'B'fhéidir go gceannóidh mé leabhar nua dó, leabhar don dathú b'fhéidir.'

Bhí an t-athair fágtha i bhfeighil an tí. Shuigh sé síos cois tine chun an nuachtán a léamh. Bhí Sailí ina luí cois tine freisin agus í ag míogarnach.

D'imigh Reics amach ag spraoi lena dheartháireacha. Chaith siad tamall ag imirt folach bíog. Ina dhiaidh sin bhí Róló agus Brúnó ag iarraidh dul ag fiach sa choill lena n-athair. Coiníní á lorg acu. Ní raibh spéis dá laghad ag Reics san fhiach. Shiúil sé ar ais i dtreo an tí. Rachadh sé isteach agus luífeadh sé síos cois tine lena Mhamaí.

19

D'airigh sé boladh aisteach ag doras an tí. Bhrúigh sé an doras isteach lena shrón. Bhí an áit dubh le deatach.

Ó a thiarcais! Cá raibh a Mhamaí? Cá raibh athair Róise?

Thosaigh sé ag tafann. Níor chuala madra ar bith é. Bhí siad go léir sa choill. Níor chuala duine ar bith é. Bhí máthair Róise sa bhaile mór. Bhí Róise ar scoil. Céard a dhéanfadh sé?

An teileafón! Bhí an teileafón sa halla. Ba mhinic a chuala sé athair Róise ag caint léi faoin uimhir speisialta, uimhir éigeandála.

Cén uimhir é sin?

A ceathair, a ceathair, a ceathair? Ní hea. A sé, a sé, a sé? Ní hea.

A naoi? Sea. Sin é. A naoi, a naoi, a naoi.

Isteach leis sa halla. Bhí an áit chomh dubh sin go raibh sé deacair rud ar bith a

fheiceáil. Bhuail sé in aghaidh boird. Bhí a smut tinn ach ní fhéadfadh sé smaoineamh air sin anois. Ba chóir go mbeadh an teileafón ar an mbord sin. Chuir sé a dhá lapa tosaigh in airde ar an mbord. Sea. B'in é. Bhí an deatach ag dul siar ina scornach. Chaithfeadh sé an fón a thabhairt leis. Rug sé ar an bhfón lena chuid fiacla agus tharraing sé amach sa chlós é.

Chuir sé a lapa ar uimhir a naoi. Bhí a lapa rómhór, áfach. Chaithfeadh sé teacht ar rud éigin beag, tanaí. Peann luaidhe b'fhéidir. Cá raibh an leathpheann luaidhe sin a chuir sé sa ghairdín an lá cheana? Rith sé thart. Cár chuir sé é? Thosaigh sé ag tochailt. Ní raibh sa pholl sin ach cnámh. É róramhar. Poll eile. Cnámh eile.

D'aimsigh sé an leathpheann luaidhe sa cheathrú poll. Ar ais leis go dtí an teileafón. A naoi. A naoi. A naoi. Agus an cnaipe eile chun go dtosódh sé ag bualadh. Nach minic a chonaic sé Róise á dhéanamh.

Faoi dheireadh chuala sé an guth ar an taobh eile den líne. Thosaigh sé ag tafann is ag geonaíl.

20

Nuair a tháinig máthair Róise abhaile bhí an bhriogáid dóiteáin sa chlós. Bhí an tine múchta ag na fir dóiteáin. Bhí otharcharr sa chlós freisin agus athair Róise istigh ann.

Bhí an mháthair trína chéile.

'Céard a tharla? An bhfuil aon duine gortaithe? Cá bhfuil m'fhear céile?'

'Beidh sé ceart go leor, a bhean uasail,' arsa fear an otharchairr. 'Tá an t-ádh leis. Go leor deataigh imithe isteach sna scamhóga aige ach tiocfaidh sé as. Níl sé dóite go dona.'

Lig siad isteach san otharcharr í le go bhféadfadh sí suí in aice le hathair Róise.

'Ach cén chaoi ar tharla sé? Agus cé a chuir fios oraibhse?' ar sise.

'Níl a fhios againn fós céard a tharla,' arsa duine de na fir dóiteáin. 'Táimid fós á fhiosrú ach ba cheart do d'fhear céile a bheith an-bhuíoch den mhadra beag sin.'

'Conas san?'

'Eisean a chuir fios orainn. Cheapamar ar dtús go raibh duine éigin ag magadh fúinn nuair a fuaireamar an glaoch. Ach shíleamar nár chóir dul sa seans agus bhíomar in ann an uimhir fóin a sheiceáil agus an seoladh a fháil éasca go leor.'

Faoin am seo bhí Reics ag geonaíl ag cosa

an fhir dóiteáin.

'Madra maith,' arsa an fear dóiteáin arís.

Thosaigh Reics ag tarraingt ar a chóta, é fós ag geonaíl.

'Fan,' arsa máthair Róise. 'Is madra an-chliste é. Má tá sé ag iarraidh tú a tharraingt ba cheart duit dul leis. B'fhéidir go bhfuil duine éigin eile istigh.

'Ruf-ruf!' arsa Reics agus é ag rith i dtreo an dorais.

Isteach leis na fir dóiteáin arís. Taobh istigh de chúpla nóiméad tháinig siad amach. Bhí Sailí ina bhaclainn ag duine acu.

'Tá sí dona go leor,' ar seisean. 'Níl a fhios agam an bhfuaireamar in am í.'

21

Tháinig athair Róise abhaile an lá dar gcionn ach bhí Sailí deich lá in Ospidéal na nAinmhithe.

An chéad chúpla lá ní raibh aon duine cinnte an mairfeadh sí nó an bhfaigheadh sí bás.

Ar an tríú lá, áfach, d'oscail sí a súile agus thosaigh sí ag geonaíl.

Chuir an tréadlia glaoch ar mháthair Róise láithreach.

'Tá sí ag teacht chuici féin arís. Sílim go gcabhródh sé léi cuairteoirí a fheiceáil.'

Bhí áthas an domhain ar Róise nuair a

chuala sise an scéal. Rith sí amach láithreach chun é a insint do Reics agus dá athair.

'Tabharfaimid an bheirt agaibhse agus Róló agus Brúnó isteach ar cuairt chuici,' ar sise.

An tráthnóna sin, chuir Róise agus a máthair na madraí isteach sa charr. Ar aghaidh leo chuig Ospidéal na nAinmhithe.

D'fhan Róise agus a máthair taobh amuigh den doras ag caint leis an tréadlia.

Rinne Reics srón a Mhamaí a lí. Rinne an t-athair an rud céanna. Thosaigh Róló agus Brúnó ag rith thart i gciorcal is iad ag iarraidh breith ar eireaball a chéile.

D'oscail Sailí súil amháin. Ansin an tsúil eile. Bhí sí an-sásta iad go léir a fheiceáil. 'Ní cuimhin liom mórán,' ar sise. 'Dhúisigh mé agus an áit dubh le deatach. Thosaigh mé ag iarraidh athair Róise a mhúscailt ach caithfidh gur thit rud éigin orm ansin. Ní raibh mé in ann mo chos a bhogadh. Shíl mé go raibh deireadh liom.'

'Bheadh,' arsa athair Reics, 'murach do mhaicín meabhrach.'

Mhínigh sé an scéal ar fad di.

'Murach Reics againne agus an chaoi a raibh sé ábalta na huimhreacha a léamh agus an fón a úsáid. Murach eisean …'

22

An oíche ar tháinig Sailí abhaile bhí cóisir ag madraí an bhaile di. Tháinig madraí na gcomharsan. Chonaic Reics cuid de na madraí a bhris a bhosca lóin agus a chaith a mhála scoile san abhainn. Nuair a chonaic sé Púca agus Spota ag teacht isteach an geata chúb sé chuige féin isteach sa chúinne. Gach seans go dtosóidís ag magadh faoi arís faoi bheith in ann an teileafón a úsáid. Bheadh cúrsaí ní ba mheasa ná riamh.

Chonaic Sailí é.

'Tar anseo, a Reics,' ar sise. 'Seas in aice liomsa.'

Ansin d'iarr sí ciúnas agus thosaigh sí ag tafann is í ag caint leis na madraí eile.

Bhí Róise agus a máthair ag breathnú amach an fhuinneog. Ba léir go raibh na madraí go léir ag éisteacht go géar is go cúramach le Sailí.

'Níl tuairim agam céard atá á rá aici,' arsa Róise, 'ach tá súil agam go mbeidh deireadh anois leis an maistíneacht.'

'Cá bhfios,' arsa an mháthair, 'ach go mbeidh siad sásta Reics a ligean ar ais ar scoil. Réiteoidh mé a mhála agus a bhosca lóin dó ar eagla na heagla.'

23

An mhaidin dar gcionn bhí Reics thar a bheith sásta nuair a chonaic sé an mála scoile agus an bosca lóin. Lig sé do Róise an mála a cheangal ar a dhroim. Thóg sé an bosca lóin ina bhéal. Rug máthair Róise barróg ar a hiníon. Chuimil sí cloigeann Reics.

Amach leo beirt. Bhí Sailí, athair Reics, Róló, Brúnó agus go leor madraí eile ag an ngeata. Rinne Sailí srón a mic a chuimilt lena srón féin. Rinne sí tafann íseal isteach ina chluas. Thosaigh na madraí eile ag tafann freisin.

'Céard a bhí á rá acu?' arsa Róise agus iad imithe síos an bóthar.

Mhínigh Reics di go raibh cuid acu ag fágáil slán leis agus cuid acu ag fiafraí de céard a bhí sa bhosca lóin.

'Cad faoi Shailí?' arsa Róise.

'Bhuel,' arsa Reics go sásta. 'Bhí sí ag fiafraí díom an bhféadfainn na huimhreacha a mhíniú di siúd nuair a thagaim abhaile.'